PARIS. — TYPOGRAPHIE DE FIRMIN DIDOT FRÈRES,
RUE JACOB, 56.

A SA MAJESTÉ

NAPOLÉON III,

EMPEREUR DES FRANÇAIS.

L'EUROPE ET L'EMPIRE.

PARIS,

GARNIER FRÈRES, LIBRAIRES-ÉDITEURS,

PALAIS ROYAL, PÉRISTYLE MONTPENSIER, 214-216,

ET RUE DES SAINTS-PÈRES, 6.

M DCCC LIII.

A SON ALTESSE IMPÉRIALE

LE PRINCE

LOUIS-NAPOLÉON,

PENDANT MON SÉJOUR A VENISE (1849).

———————⋙⊙⊙⊙⋘———————

Depuis la mort du grand Empereur dont le règne avait fermé la porte des révolutions, la discorde et la haine agitaient leurs poignards sur l'Europe régénérée; entraînés par le courant de l'anarchie, les peuples devenaient la proie de tous les partis. Justement effrayés d'un cataclysme affreux, l'élévation de Votre Altesse au pouvoir les rassure; la France respire, et vous doit son bonheur; l'égalité, l'ordre et la liberté forment les bases de votre Empire, et rendent immortel le Code admirable et divin que créa l'incomparable Napoléon. Investi de cet immense héritage, et conduit par votre génie, qui sans contredit plane au-dessus des temps, votre char roule vers l'immortalité.

La raison, fille de la nature, milite toujours contre les aberrations de l'esprit humain; c'est elle et Dieu qui vous inspirent pour être leur véritable soutien. Le centre, le nord et le midi de la France ont salué votre étoile; le Vatican s'incline devant vous, et toutes les nations attendent avec anxiété l'accomplissement de vos glorieux desseins. Malheur à ceux qui voudraient limiter le cours de vos triomphes! malheur aux États qui ne sentiraient point tout le prix de votre existence, à laquelle viennent se rattacher le passé, le présent et l'avenir! En présence d'un ensemble de faits si sublimes et si prodigieux, pouvais-je rester impassible?... La muse d'un vieux poëte, d'un ancien officier de l'Empire, pouvait-elle ne pas rendre hommage au digne successeur de la gloire de nos armes? Le temple de la guerre restera long-temps fermé pour lui; tout le prédit. Une ère nouvelle de prospérité commence; l'agriculture, les arts et le commerce bénissent déjà le nom de Louis-Napoléon!... et si jamais Minerve un jour voulait qu'il tirât son épée pour leur défense, le soleil d'Austerlitz luirait encore pour le pacificateur du monde.

CHABERT DE L'HÉRAULT.

Membre de diverses Académies, l'un des plus anciens hommes de lettres de France, auteur de plusieurs ouvrages, entre autres, l'*Iconographie des peintres célèbres;* ayant fait toutes les campagnes d'Espagne sous l'Empire; étant à Vienne en Autriche, avec sa famille, et ne pouvant faire parvenir directement son poëme, et désirant le remettre lui-même, aucun sacrifice ne lui a coûté pour se rendre dans sa patrie, où il se trouve maintenant.

A Paris, rue de l'Ouest, 12.

LOUIS-NAPOLÉON,

AVANT SON AVÉNEMENT A L'EMPIRE.

Vierge sainte, ô miroir de toutes les vertus,
L'auguste chef des Francs, le plus grand des Élus,
S'associe à leurs vœux en célébrant ta fête.
Descends du haut des cieux! viens parer ta conquête!
Environne son char de toute ta splendeur;
Des rayons de ta gloire illumine son cœur!
Le Neveu du grand homme a vaincu l'anarchie;
Debout sur son tombeau, Napoléon s'écrie :
Il soutiendra ma gloire et l'éclat de mon nom.
Le siècle redira : *Vive Napoléon!*
La Discorde à sa voix a déserté son temple :
L'ancien monde finit, le nouveau le contemple;
Il frémit de désir, il soupire, il attend
Que la France ait rendu le calme à l'Occident.

1.

Démagogues, tremblez! ou rentrez dans la poudre :
Au maître du tonnerre il a ravi sa foudre.
Enfin l'humanité, qui connait vos desseins,
Dans les mains de Louis a remis ses destins,
Dans vos barbares cœurs quel cynique délire,
Ou plutôt quel démon exerçait son empire?
Sophistes insensés! après tant de revers,
Ramènerez-vous l'ordre au sein de l'univers?
Et si Napoléon n'eût, de ses mains puissantes,
Comprimé le torrent de vos luttes sanglantes
Dans le gouffre béant entr'ouvert sous vos pas,
Que seraient devenus l'Europe et ses États?
D'un cataclysme affreux l'Europe épouvantée
Bénira désormais l'ange qui l'a sauvée.
Poursuis donc, ô Louis! tes desseins glorieux;
Arrête des méchants les complots odieux.
Gloire à de Persigny! ce ministre fidèle,
Qui pour sauver tes jours t'entoura de son zèle;
Dont l'esprit et le cœur, immenses, radieux!
Brilleront près de toi dans nos fastes fameux.
A ce nom fortuné viennent se joindre encore
Magnan et de Morny, dont la France s'honore.
Près de toi j'aime à voir ce vieillard vénéré,
Ce prince qui fut roi de son peuple honoré.
J'admire près de toi ce guerrier magnanime,
Dont le coup d'œil s'unit à sa valeur sublime :
De Saint-Arnaud, connu par ses nombreux exploits,
En Afrique a soumis la révolte à nos lois;
La France retentit de sa mâle énergie :
La grandeur de ta gloire inspire son génie.

J'admire de Maupas, dont les ressorts puissants
Ont dégagé Paris de la tourbe des temps,
De cette horde impure en tous temps redoutée,
Instrument de révolte, au meurtre accoutumée,
De Maupas pour la France est un souverain bien :
Hommage à ce ministre, à ce grand citoyen!
Comme lui j'ai pensé, que de nos grandes villes,
Que de ces grands foyers de nos guerres civiles,
Il fallait en bannir les divers éléments;
Mais sous un Prince habile, à la hauteur des temps,
Bravant des factions la morgue et l'insolence,
Qui s'expose au péril pour l'honneur de la France,
Que n'oserait-on pas? Tout renaît avec lui :
L'Armée et le Sénat, forment son point d'appui,
Du Corps législatif limitant l'importance,
Des pouvoirs de l'État soutiendront la puissance,
Vastes conceptions! ces foyers de splendeur,
Sont autant de soleils que créa l'Empereur.
Cet Empereur qui fut un prodige, un oracle!
Dont la mort est un deuil, et le Code un miracle,
Inspirant de Louis le vol audacieux,
Pour protéger son aigle a déserté les cieux.
Ainsi Napoléon ressaisit sa puissance;
Sur le char de la paix, il parait, il s'avance,
La Victoire à ses pieds, l'olivier dans les mains :
A son sort est lié le sort des souverains.
L'astre de nos combats proclamant sa clémence,
La liberté n'est plus un titre de vengeance;
Soumise avec respect au Code de nos lois,
Louis-Napoléon a dû régler ses droits.

Qui pourrait le nier? ce Prince magnanime.
N'a-t-il pas séparé la liberté du crime?
Des pouvoirs de l'État cimenté l'union?
N'a-t-il pas combattu pour la religion?
Le peuple au désespoir, terrible, inexorable,
Frappant sans distinguer l'innocent du coupable,
Se dévorait lui-même! Un génie infernal,
L'agitait, le poussait dans le creuset fatal;
Nos guerriers, décimés par les mains de leurs frères,
Sans morale, sans frein, sans pitié pour leurs mères;
Les femmes, les enfants, brandissant leurs poignards,
Se traînaient expirants dans le sang des vieillards!
O rage! ô fanatisme! ô funeste délire!
La licence et le meurtre exerçaient leur empire!
Au nom de la patrie et de la liberté,
Les Français s'égorgeaient pour cette déité!
Tout périssait! si Dieu, qui prend pitié des hommes,
N'eût envoyé Louis sur la terre où nous sommes.
A sa haute sagesse unissons notre amour :
Puisqu'il aime la France, aimons-le sans détour.
Alexandre, César, au zénith de la gloire,
Napoléon lui-même enchaînant la victoire,
Survivant à l'effort des révolutions,
Auraient-ils écrasé l'hydre des factions?
Quand leurs flots mugissaient, au milieu de l'orage
Debout sur leur torrent l'arrêtant au passage,
Tels que lui, ces héros l'eussent-ils arrêté?
Tels que ce Prince enfin sauvé l'humanité?
C'était pourtant celui dont l'étonnant génie
Fut en butte au courroux de l'orgueilleuse Envie.

Attaquant son pouvoir pour l'abattre à tout prix,
La licence excitant la haine des partis,
Ourdissant chaque jour quelques trames nouvelles,
Tendait à le frapper où son âme étincelle;
Mais son cœur méditait le plus sublime éclat,
Qui devait le porter au timon de l'État.
Ce coup est admirable, incomparable et juste;
Sa forme est athlétique, et son principe auguste.
Le nom de son auteur est l'Élu des Français,
Le soutien de l'Europe et le fils de la Paix!
Qu'il règne donc sur eux; que sa brillante étoile
Du vaisseau de l'État guide longtemps la voile.
Tout me dit que son nom, déjà si glorieux,
Grandira sur la terre, atteindra jusqu'aux cieux!
La déesse aux cent voix de sa gloire enivrée,
Entonnant sa trompette au sein de l'Empirée,
Du héros que je chante a déjà proclamé
Les jours qui l'ont conduit à l'immortalité.
O tableau ravissant! ô prodige! ô merveille!
Puis-je en croire mes yeux? Je ne sais si je veille!
L'Aigle insigne apparaît! et ses regards perçants
S'arrêtent sur un char orné de diamants;
L'étoile qui le guide éclaire un vaste trône,
Où l'Hercule des rois, déposant sa couronne,
La regarde, soupire! — et s'adresse à son fils :
Elle ornera le front de l'immortel Louis,
Dit-il en souriant; il a su me comprendre.
Tous nos droits sont les siens, il saura les défendre,
Il saura les garder. Comme il règne aujourd'hui,
Qu'il règne désormais : je suis content de lui.

O révélation en miracles féconde!
D'où dépend le repos et le salut du monde!
L'esprit et la raison vivent de souvenir;
Le passé, le présent, fondent notre avenir :
Envoyé par le ciel, armé de son tonnerre,
Napoléon premier vint pour sauver la terre.
Tel qu'un autre Moïse, il lui donna des lois.
Je ne parlerai point de la chute des rois
Qui, cédant au courant de son vaste génie,
Ont trahi les projets de ce nouveau Messie;
Son étoile, qui brille au delà du trépas,
Éclaire le grand .peuple et guide encor ses pas;
Respectons son destin, honorons sa mémoire,
Dans Napoléon trois, héritier de sa gloire;
Plus calme dans son vol non moins audacieux,
L'ordre est à son pouvoir ce que l'ordre est aux cieux.
Il ne pouvait périr, cet immense héritage
Que le destin nous rend après un long orage.
Sept lustres sur la terre ont pesé de leur deuil,
Quand la nature libre a brisé son cercueil.
Sur le char des saisons, tendres métamorphoses,
Dans la coupe d'Hébé, le printemps et ses roses
Reprennent leur fraîcheur pour charmer nos désirs,
Pour varier nos goûts, exciter nos plaisirs.
L'été chargé d'épis, ramenant l'abondance,
De l'État désormais accroitra la puissance.
Devant Dieu le grand peuple a fléchi les genoux,
Et de l'aigle géant a détourné les coups.
Nos soldats, palpitant d'une héroïque ivresse,
Sur la tombe des preux, dans l'ardeur qui les presse,

Entonnent l'hymne sainte; ils jurent à jamais
De vivre et de mourir pour l'ordre et pour la paix.
Mars aux pieds de Minerve a déposé sa lance,
Le grand Napoléon les contemple en silence;
Celui dont l'héroïsme égala le savoir,
Qui réforma son siècle en créant son pouvoir.
O vous tous qui peuplez le séjour des Alcides,
Conquérants d'Aboukir, héros des Pyramides,
D'Austerlitz, de Wagram, d'Essling, de Marengo,
Ma muse sur son luth a répété l'écho.
Je ne redirai point vos insignes conquêtes;
Paris, Napoléon, vous consacrent leurs fêtes.
Augereau, Masséna, Kléber, Lasne, Mortier,
Magnanimes Français, l'honneur du monde entier,
Mânes chers et sacrés, présidez à nos fêtes;
Conjurez avec nous le maître des tempêtes.
L'encens fume déjà, les autels sont parés,
Au nom de la patrie et de ses droits sacrés,
A son air noble et doux, à sa mâle présence,
Vous connaissez celui qui reprend sa puissance.
De l'Europe en ce jour balançant les destins,
La justice a dicté ses décrets souverains;
Le Vatican s'incline, et sur le Capitole
Brillent les trois couleurs du conquérant d'Arcole.
L'ordre et la liberté, respirant à la fois,
Combattront désormais sous l'égide des lois.
Ces vertus, qui du ciel sont les marques certaines,
Dans le cœur de Louis règnent en souveraines.
L'Empire est à ses pieds : que ne pourrait-il pas,
Puisque tous les Français ont volé sur ses pas?

Enfin, tel que Titus, à Paris, sur le Tibre,
Des trônes chancelants balançant l'équilibre,
Évoquant le passé, conjurant l'avenir,
Louis-Napoléon saura tout raffermir.
    Si la fortune un jour m'appelle
    A lui consacrer tout mon zèle,
    Je serai content de mon sort.
    Vieux soldat conjurant la mort,
    Vieux poëte amant de la gloire,
    Sous les ailes de la Victoire,
    Je chanterai Napoléon.
    Peut-on choisir un plus beau nom?
    Pour la France il est plein de charmes,
    C'est le talisman de ses armes.
L'esprit et la raison vivent de souvenir :
Qui servit l'Empereur peut encor le servir.

CHABERT (DE L'HÉRAULT),

Membre de plusieurs Académies.

ÉPITHALAME

DÉDIÉ A SA MAJESTÉ L'EMPEREUR

NAPOLÉON III,

PENDANT MON SÉJOUR A VIENNE (AUTRICHE), 1852.

Je te revois enfin, emblème de splendeur,
O soleil de l'Empire, honneur, cent fois honneur!
Le héros des héros, appuyé sur sa lance,
Aux pieds de l'Éternel a prié pour la France.
Et comment en douter? Ces mânes radieux,
Pour protéger son aigle ont déserté les cieux.
Quel est donc cet esprit, dans les temps où nous sommes,
Qui suspend tout à coup la tendance des hommes?
Qui ramène le calme et promet le bonheur?
Ce n'est point une larve, un mortel imposteur.
Est-ce Hercule, César, un nouvel Alexandre?
Est-ce un nouveau phénix qui renaît de sa cendre?
Si j'en crois ses vertus et l'éclat de son nom,
C'est Louis qui succède au grand Napoléon.
Il le suit dans son vol, précédé de sa foudre;
Il a seul le talent de pouvoir la résoudre.

Rome crie Hosanna, c'est l'ange du Seigneur;
Le Vatican s'incline, et bénit l'Empereur.
L'Occident rajeuni palpite d'espérance;
Le Nord, calme, attentif, a compris sa puissance;
L'Orient le salue et reconnaît ses droits;
De par le peuple il règne et gouverne à la fois;
De tous les dons ornés, près de lui tout respire :
Tel qu'un nouveau Titus, il parvient à l'Empire.
Avec lui tout gravite, et le ciel dans ses mains
Du siècle qui s'épure a remis les destins.
Son Code, vrai miroir de justice et de vie,
Héritage fameux, étendra son génie.
Napoléon peut tout, et son sceptre aujourd'hui
Des peuples et des rois est le plus ferme appui.
Celui qui met un frein aux flots de l'anarchie,
Qui ne sait se venger qu'en sauvant sa patrie,
Qui pour le bien public a su briser ses fers,
N'a-t-il pas mérité l'encens de l'univers?
O peuples égarés! ô puissants de la terre!
Là-bas dans le lointain gronde encore le tonnerre.
Entendez-vous ces cris, ces longs gémissements,
Les sanglots, les soupirs de nos fils expirants?
Le présent, le passé, c'est toute la nature
Qui se soulève enfin, qui contre nous murmure.
Dieu guide l'Empereur dans son essor divin;
Il protége la France, et son but est certain.
O révélation en merveilles féconde!
C'est sur toi que ma muse en ce grand jour se fonde;
Tes faits sont glorieux : fier de leur souvenir,
De l'Empire français je prédis l'avenir.

D'un monde qui finit, de celui qui commence,
C'est le seul talisman, c'est l'arche d'alliance.
O magique pouvoir de deux cœurs assortis,
Divine attraction, tes dons sont infinis!
Quand la France et l'Espagne, ornements de la fête,
N'aspirent qu'à l'hymen dont la pompe s'apprête,
Montijo dans ses yeux fait briller à la fois
Son amour pour la France et l'époux de son choix.
Tous ses vœux sont remplis : Napoléon l'adore;
L'astre riant du jour de ses feux se colore,
Et déjà les rayons de son disque doré
Entourent de leurs flots le grand peuple assemblé.
O spectacle imposant! le cortége s'avance :
Tous les cœurs palpitant brûlent d'impatience.
Les clairons de l'armée et le bruit des canons
Aux bourdons de l'église ont marié leurs sons.
Tout annonce l'instant de la cérémonie.
L'Empereur, sur son char à côté d'Eugénie,
Contemple les Français, qui d'amour pénétrés
Admirent les époux de bonheur enivrés.
J'entends encor les cris de cette immense foule
Qui grossit, qui se presse et lentement s'écoule.
Le ciel enfin s'explique, et le char radieux
Vole vers Notre-Dame, au gré de tous les vœux.
Les époux sont reçus suivant l'usage antique :
Le lévite du temple entonne son cantique;
Des milliers de flambeaux de flamme étincelants,
La pourpre, les rubis, l'or et les diamants,
Rivalisant d'éclat, attestent l'Hyménée
Qui donne le repos à l'Europe étonnée,

Je ne sais si je veille : il me semble avoir vu
Le grand Napoléon sur l'autel descendu,
Souriant aux époux debout près de l'Histoire,
Une couronne en main, consacrant leur mémoire.
J'entends les harpes d'or et les lyres du ciel
Résonner en faveur de l'Empire immortel.
O comble de splendeur! ô céleste harmonie!
Un chœur d'anges s'unit aux chants de la patrie.
O prodige! ô merveille! ô jour miraculeux!
L'hymen qui s'accomplit est un fait glorieux.
C'est un Dieu qui, propice à l'éclat de nos armes,
Couronne la beauté, se complaît dans ses charmes;
Qui pour Napoléon fait briller ses autels,
Inaugure son sceptre en faveur des mortels.
Gloire, vertu, sagesse, ô merveilles de l'âme!
Vous que je chante enfin dans mon épithalame,
Avec l'Impératrice idole de nos cœurs,
Conservez-nous longtemps l'aigle des Empereurs.
Malheur à qui voudrait, sur la terre et sur l'onde,
Renverser avec eux l'équilibre du monde!
Napoléon n'a plus qu'à faire un geste, un pas,
Tous les Français unis le suivraient aux combats;
L'Empire, c'est la paix! qui, le rendant sublime,
Sauve les nations de la honte et du crime!

CHABERT (DE L'HÉRAULT),
Membre de plusieurs Académies.

www.ingramcontent.com/pod-product-compliance
Lightning Source LLC
Chambersburg PA
CBHW061440170626
46811CB00005B/2326